# PIEUX SOUVENIRS

ÉCRITS AU CHATEAU DE SAINT-LÉGER

Par le Général comte Jules PAULIN.

DIJON

IMPRIMERIE G. DEMEURAT, RUE BOSSUET, 15.

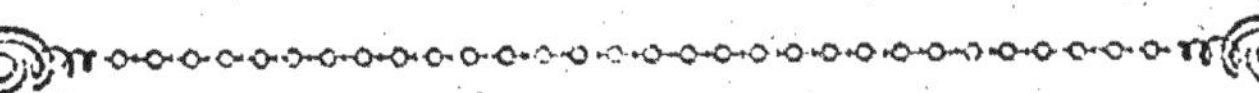

# PIEUX SOUVENIRS

ÉCRITS AU CHATEAU DE SAINT-LÉGER

Par le Général comte Jules PAULIN.

DIJON
IMPRIMERIE G. DEMEURAT, RUE BOSSUET, 15.

*MEIS ET AMICIS*

# PIEUX SOUVENIRS

Deficit at mihi semper adest.

# PIEUX SOUVENIRS

Deficit at mihi semper adest.

## INSCRIPTIONS AUTOUR DE LA CHAPELLE

### INSCRIPTION SUR LA COLONNE FUNÉRAIRE DU CAPITAINE PIÉRY.

PIERRE PIÉRY

ANCIEN CAPITAINE DE CAVALERIE
PROPRIÉTAIRE DE LA TERRE DE SAINT-LÉGER
NÉ A LYON, LE 17 DÉCEMBRE 1751
DÉCÉDÉ LE 24 AVRIL 1807.

Les pleurs de son épouse, et de ses quatre enfants,
De ses nombreux amis, de tout le voisinage
Sont le juste tribut de cœurs reconnaissants
Et la plus belle fleur de la tombe du sage.

EN CE MÊME LIEU REPOSE

RÉUNIE A SON ÉPOUX

## MARIE-ANTOINETTE-ADÉLAIDE WAGRET

NÉE A SAINT-WASNON DE CONDÉ
LE 15 DÉCEMBRE 1768
DÉCÉDÉE A SAINT-LÉGER, LE 30 AVRIL 1821.

---

Tendre épouse, fidèle autant que bonne mère,
Connais de tes enfants la douleur trop amère.

## INSCRIPTION SUR LA COLONNE FUNÉRAIRE DE VICTORINE PIÉRY

NÉE LE 16 DÉCEMBRE 1795, MORTE LE 1er JANVIER 1844.

**COMTESSE JULES PAULIN, NÉE VICTORINE PIÉRY.**

Noble cœur, bonté,
Belle âme, beauté.

J'ai bâti ce saint lieu; je l'ai consacré à la mémoire de ma Victorine pour honorer son nom et accomplir le dernier vœu qu'elle m'adressa lorsque son âme immortelle s'éleva dans les cieux.

Je ne rêve que chapelle;
Je désire, me dit-elle,
Aux lieux où je vis le jour
Faire mon dernier séjour.
Mets sous la terre légère
Mes restes inanimés,
Entre mon père et ma mère
Que j'ai tendrement aimés :
Qu'ils appellent ta prière
Et que sur ma froide pierre
Ta main retrace à jamais
Combien je te chérissais.
Alors...
J'obéis avec amour
Et malheureux sans retour,
J'apportai dans cette enceinte
Les reliques d'une sainte.

# INSCRIPTION

## AU-DESSUS DE LA CHAISE DE LA VIERGE

### PRÈS DE LA CHAPELLE SAINTE-VICTORINE.

---

Ici, sous ce feuillage
Où s'abrite un tombeau, je viens rêver souvent
Au bonheur décevant
D'avoir trouvé de Dieu la plus parfaite image
Pour partager mes jours,
Quand si tôt je devais la perdre sans retour.

## INSCRIPTION

### SUR LA FACE ORIENTALE DE LA CHAPELLE

## REGRETS.

Doux rêves de l'amour, jeunesse, poésie,
Pourquoi ne pas remplir notre si courte vie ?
Pourquoi, plaisirs, si tôt avoir pris votre essor ?
Revenez près de moi, car je vous aime encor,
Revenez, oui l'hiver de ma vie est sans glace ;
Pour la fleur que j'aimai rien ne meurt, rien ne passe.

Doux printemps, je renais ! comme vous, doux oiseaux,
Je puis chanter encore, et sur mes chalumeaux
Que le temps respecta, des soupirs de tendresse,
Reproduits par l'écho, de les rendre empressé,
Caresseront encor le cœur qui fut sans cesse
Ma joie et ma douleur, et mon bonheur passé.
De ce ressouvenir un doux reflet colore
Le jour que me promet la blonde et fraîche aurore
Effeuillant sur son sein les roses et les lys ;
Mais ce n'est qu'un reflet ; et triste je redis,

. . . . . . . . . . . . . . . .

Doux rêves de l'amour, jeunesse, poésie,
Pourquoi ne pas remplir notre si courte vie.

# INSCRIPTION

## SUR LE PIÉDESTAL DE LA VIERGE

### EN FACE DE LA CHAPELLE.

---

Cantiques de la mort, silence de la tombe
Et de l'éternité ;
Immenses profondeurs de la vallée où tombe
L'amour ardent et chaste, et l'immortalité
Des grands noms de la terre !
Larmes, flambeaux éteints ; sombres voiles de deuil,
Lamentables douleurs, compagnes d'un cercueil,
Laissez gémir mon âme et plaignez ma misère :
Car du bonheur passé rien ne peut revenir.
Pauvre âme sans repos... fidèle au souvenir,
Tu suis, les yeux en pleurs, une ombre mensongère
Sans jamais la saisir. Mais, Dieu, qu'ai-je entendu ?
D'un saint frémissement mon cœur est éperdu.
L'ombre a semblé me dire : Aime toujours, espère ;
Oui, notre amour si pur ne peut-être mortel :
Et, quand tu paraîtras près du Dieu que j'adore,
Tu le retrouveras tendre et plus pur encore
Avec moi dans le ciel.

# INSCRIPTION

## AU BERCEAU VICTORINE

« Seul avec mes douleurs
» Je sens couler mes pleurs,
» Et seul je les essuie ;
» Elle s'est enfuie. »

## INSCRIPTION

### SUR LE PIÉDESTAL DE LA VIERGE A L'OISEAU.

« Durant le jour, cent fois
» Je crois ouïr sa voix.
» La nuit c'est encore elle
» Que je vois, qui m'appelle. »

## INSCRIPTION

### SUR LA COLONNE QUI INDIQUE LE LIEU OU NAQUIT VICTORINE PIÉRY

---

# A MA VICTORINE

NÉE LE 15 DÉCEMBRE 1795, DANS L'ANCIEN CHATEAU

DE SAINT-LÉGER

MORTE LE 1er JANVIER 1844.

---

« Le lieu où tu brillais
» Garde ton souvenir. »

## INSCRIPTION SUR LA CHAPELLE.

---

En un seul jour pour moi, comme tout a péri !
Et pourtant tout fleurit... mon cœur seul est flétri.

## INSCRIPTION PRÈS DE LA CHAPELLE

PENDANT LA GUERRE DE 1870.

---

Insensible aux orages du monde,
Je suis le gardien d'un tombeau,
Et je ne quitterai le roseau,
Lorsque auprès de lui la foudre gronde.

# JOUR FATAL DU 1er JANVIER 1844.

Quel mois dur à passer que le mois de décembre !
Et le jour qui le suit...
Quelle effroyable nuit !
Nuit de mort et de deuil !... dans cette triste chambre,
Je la vois sur son lit
Morte... elle me sourit...
Sourire, que veux-tu ? lèvres décolorées
Entrouvrez-vous encor, doucement effleurées
Par son dernier soupir,
Pour vous voir me redire :
Sur mon cœur je t'attire
Lorsque je vais mourir !

⁂

Ce sourire est celui que me laissait un ange,
Dont l'âme allait au ciel embellir la phalange
Des esprits immortels
Qu'on invoque aux autels.

Comme, au jour de la vie,
Quand ma main la pressait
De tendresse ravie
Et d'amour tressaillait,
Je la retrouve encore !
Mais dans le blanc qui colore
Ses contours délicats,
O pauvre feuille morte,
Que l'ouragan emporte,
Le sang ne coule pas !

∴

Tout serait-il perdu ?... Non, pure et noble femme,
Tout ne périt en toi :
J'en ai la ferme foi,
Car le feu de ton âme
S'élevant vers les cieux
Me fait ses doux adieux.

∴

Guide mes derniers pas, du haut du ciel, mon âme ;
Sur moi laisse tomber un rayon de ta flamme
Et rappelle-toi bien
Qu'en brisant ton lien
Et ceignant l'auréole,
Pour dernière parole
M'attirant sur ton sein, ta bouche m'a dit : Viens !

## MON LAURIER ET MA ROSE

SOUVENIR DU 1er JANVIER 1844.

---

Où sont ces jours de faveur
Qui d'orgueil enflaient mon cœur
Et dont mon âme était ravie !
Heureux dans mes désirs,
Fier de mes souvenirs,
Le doux flot qui berçait ma vie
S'écoulait doucement,
Pareil à l'onde claire
Qui fuyant lentement
S'empressait, pour me plaire,
De raffraîchir le bord
Où florissait ma Rose,
Où mon Laurier s'endort ;
Où zéphir se repose
Charmé de plus d'un larcin
Ravis aux fleurs du matin
Quand promenant sa tiède et frémissante haleine,
Il s'en va caressant les vallons et la plaine.

Mais un jour la Tempête,
Qui grondait sur ma tête,
Déchaînant l'aquilon, et Caurus et l'autan,
Le fougueux ouragan
S'abattit sur la plaine.
Lors, plus de douce haleine
Ne caressa ma fleur.
L'onde jadis si claire,
A son parfum contraire,
Roula, [illegible]ns sa fureur,
Mon Laurier et ma Rose
Jusque dans l'océan
Où périt toute chose
En un jour d'ouragan.

∴

Le Laurier, c'est la gloire,
C'est la célébrité,
La Rose, c'est la femme,
Et l'ange de bonté
De laquelle mon âme
En tous lieux, à jamais, gardera la mémoire.

## LA ROSE SUR SON TOMBEAU

POUR L'ANNIVERSAIRE DU 1er JANVIER 1844.

---

Tout n'est pas mort pour elle !
Au souvenir fidèle
Je vis dans son passé.
La rose sur sa tombe,
Défiant la blancheur de la blanche colombe,
A pour moi remplacé
Son image et son cœur.
Brillante et douce fleur durant sa courte vie
Cruellement ravie,
En la plus belle fleur,
Après l'avoir perdue,
Je me la crois rendue
Avec sa majesté,
Sa grâce et sa beauté.

## A L'OCCASION DE MA FÊTE

12 AVRIL 1852.

---

Des ans le froid hiver
Et son triste cortége
Disparaissaient hier
Sous mes cheveux de neige.
Au milieu de vous deux
Je me sentais heureux,
O mes chères amies,
De vous voir réunies
Pour consoler mon cœur
Et donner une fleur
A qui n'est plus le maître
Aujourd'hui, sans faillir,
D'essayer d'en cueillir.....
Mais, qui voudrait renaître
Pour pouvoir, ici-bas
Les semer sur vos pas.

## SOUVENIR DE MA FÊTE EN 1843

LA DERNIÈRE QU'ELLE ORDONNA.

---

C'était l'onze d'avril.....
Se mourait une femme
En ce jour de péril !
Et cependant son âme
Près de moi s'élançait,
Et du tombeau sortait ! ! !
C'était aussi ma fête !
Et, comme en d'autre temps,
Elle parait sa tête
M'apportant les accents
De la fleur la plus belle
Qu'on retrouvait en elle.

. . . . .

Sur son lit de douleur,
A la mort condamnée,
Rêvant encor bonheur
Elle s'était ornée

De ses beaux vêtements,
De bijoux, de diamants;
Ses yeux semblaient leur dire....
Remplacez en ce jour
Tout de joie et d'amour,
La palme du martyre !

. . . . .

Rends-moi cette journée,
Disait-elle au destin ;
Accorde ce larcin
Au doux dieu d'hyménée ;
Que je la donne encor
Cette journée entière
Et peut-être dernière,
A qui fut mon trésor ;
A lui, qui tant m'aima !

. . . . .

Les amis étaient là
Les larmes dans les yeux,
A genoux sur la pierre,
Murmurant leur prière,
Et demandant aux cieux
Un rayon d'espérance,
Une résurrection !
Pour prix de sa constance
Et de sa dévotion.

. . . . .

Des accents de fauvette
Se mêlaient à la fête.

Et des anges chantaient,
Enfants du voisinage,
Leur hymne, à douce voix, pour conjurer l'orage.
Et les heures coulaient
Avec la mélodie
Qui retenait sa vie !

. . . . .

Mais quand le jour finit
Et que la nuit se fit
Nous apportant son ombre,
Les amis s'éloignèrent
Eplorés, l'âme sombre !
Et les doux chants cessèrent
Expirant dans l'espace,
Comme tout vit et passe,
Et comme la beauté
Qui dure un seul été.

. . . . .

Bientôt, découronnée
Des fleurs de la journée,
Elle voulut prier
Avant de sommeiller ;
Elle s'agenouilla,
Elevant vers les cieux
Son cœur encor joyeux ;
Puis elle dépouilla
Ses habits, ses rubans,
Ses anneaux d'or brillants ;

Et doucement posée
En sa couche de lin,
Sur sa bouche rosée
Un sourire divin
Disait : sainte patronne
En ma faveur ordonne
De la fête du jour
Le semblable retour !

. . . . . .

Mais un éclair brilla !
Et lors se réveilla,
O déplorable sort !
L'impitoyable mort
Qui, lasse de l'attendre,
Se dressa pour la prendre ;
Et, sur elle jetant
Un regard effrayant,
Réclama sa victime
Déjà frappée au cœur,
Immola chaque fleur
Qui proclamait son crime,
Et, nous glaçant d'horreur,
Vint transformer la fête
Et les chants de fauvette,
En des cris de douleur ! ! !

## LES GÉMISSEMENTS DE L'AIR.

Triste plainte du vent !
Insaisissable accent
Qu'avec le soir il jette,
Pareil à des sanglots,
Sur la plage muette
Où vont mourir les flots !
Je l'entends, elle effleure
La feuille des roseaux
Qui se balance et pleure
Sur le cristal des eaux ;
Et de ma voix éteinte
Je mêle à cette plainte
La plainte de mon cœur
Que brisa la douleur.

## AVANT UN DÉPART POUR PARIS.

---

O murs que je bâtis,
Tombeau que je creusai,
Triste, adieu je vous dis.
Adieu donc, je m'en vai.
Je vous laisse mon âme,
Mais tôt je reviendrai.

. . . . . .

Perdu, sans espérance,
Dans ce monde trompeur,
J'en appelle un meilleur
Où mon cœur me devance.

. . . . . .

Que ferais-je à présent
Si vieux, et mécontent ?
Je n'aurais qu'à gémir ;
Vaut-il pas mieux mourir !

## DOULOUREUSES PAROLES.

---

A mon malheur rêvant,
Elle disait souvent
Avec crainte et tendresse :
« Quel sera mon effroi
» Si jamais je te laisse,
» Si je meurs avant toi !
» Quand plus tu ne m'auras
» Qui donc te soignera !!! »

. . . . . . . . . . . .

Et moi, dans l'avenir
Ne comptant que plaisir,
La voyant jeune et belle
Je la crus immortelle !
Si, devions-nous mourir...
Mais ensemble finir,
Et riais de sa peine
Quand la Parque inhumaine
Au tombeau l'attira !

. . . . . . .

Lors, comme elle je dis. . . . . .
Malade, loin des tiens, tout seul en ton logis
Qui donc te soignera !!!

# LE NID D'UNE FAUVETTE

## DANS LA MAIN DU SEIGNEUR (*)

---

Sous un ciel azuré
Où s'étend la fraîcheur d'un bocage sacré,
L'image, au front serein, de notre vierge sainte,
Par les soins empressés, religieux, constants
D'un pieux souvenir, se dérobe à l'atteinte
Acerbe des autans.
C'est ainsi qu'en hiver, se transforment le chaume
Et la verte fougère en manteau réchauffant
Pour revêtir Marie et préserver l'Enfant
Qui porte, dans la paume
De sa mignonne main,
La croix de la souffrance,
Signe de l'alliance
Par un Dieu rédempteur offerte au genre humain.

(*) La statue de la Vierge est sur un piédestal en face de la porte de la chapelle et c'est dans la main de l'Enfant Jésus qu'une Fauvette vient, chaque année, faire son nid dans la main du divin Sauveur qu'elle tient dans ses bras.

∴

Sous ce même manteau, dans cette main timide
Une autre mère aussi
Avait trouvé l'égide
De son plus cher trésor, de son plus grand souci.

∴

Comme était doux l'asile
Qui devait préparer
Les moments fortunés d'un être si débile
Dont il faudrait un jour hélas ! se séparer.

∴

C'était un premier-né, petit d'une fauvette
Modèle de ferveur qui voulait qu'au retour
Des rayons d'un soleil où commence l'amour
De tous les oisillons par une chansonnette,
Son fils, qui vint au jour dans la main du Sauveur
Si candide, si pure,
Par sa grâce soustrait à l'erreur d'un parjure
Ne trouvât dans l'hymen que joie et que bonheur.

∴

O vierge ! tu daignas excuser cette mère ;
Et quand revint zéphir voletant et prospère,
Au fauvet il disait : Songe au serment d'amour
Qui ne doit affliger ta maîtresse un seul jour.
Et l'oisillon grandi, de son aile légère
Quitta le saint abri de chaume et de fougère ;
Des chansons de tendresse il apprit le concert ;
Et, plus doux que l'amour, le ciel lui fut ouvert,
Lorsqu'il ne chanta plus, par la main de justice
De son céleste enfant,
Qui depuis, ô prodige ! est le lieu de délice
Où naissent aux beaux jours et préludent au chant
Des talents protégés par l'empreinte divine
Que mit sur leur duvet une main qu'on devine
Avoir dans leur berceau
Caressé chaque oiseau.

## AMERS SOUVENIRS

Elle dort du sommeil dont nul ne se réveille,
Où le souvenir veille,
Où la larme du cœur arrose un froid tombeau.
De mes jours prolongés, adoucis le fardeau,
Sainte religion ! tu me rapproches d'elle.
Je la vois aussi belle
En son lit de repos
Qui ne contient, hélas ! que poussière et des os.
. . . . . . . . . . . . . . . . .
Ainsi parlait encore
A quatre-vingt-dix ans,
L'époux qui vit mourir, non loin de son aurore,
L'ange dispensateur de ses plus doux moments.

# TABLE DES MATIÈRES.

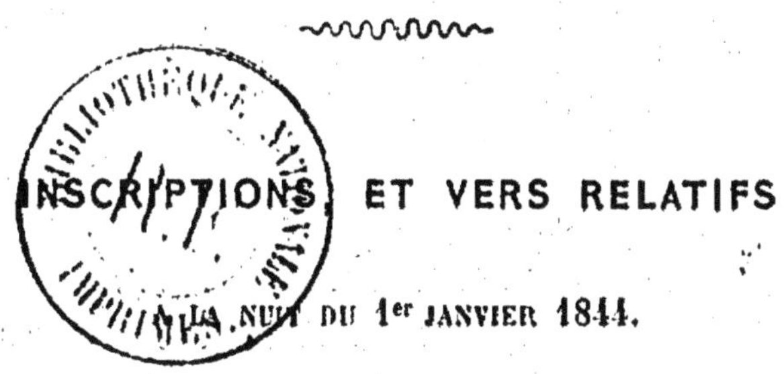

## INSCRIPTIONS ET VERS RELATIFS

### A LA NUIT DU 1er JANVIER 1844.

DIJON, IMPRIMERIE O. DEMEURAT, RUE BOSSUET, 15.

DIJON. — IMPRIMERIE G. DEMEURAT, RUE BOSSUET, 15.

www.ingramcontent.com/pod-product-compliance
Ingram Content Group UK Ltd.
Pitfield, Milton Keynes, MK11 3LW, UK
UKHW020353220726
13923UKWH00004B/1617